Una mujer necesita un hombre como un pez una bicicleta.
Gloria Steinem

Para l@s que se atreven a nadar contracorriente, sol@s o en compañía.
Para personas únicas.
Sole y Marisa

COMO PEZ SIN BICICLETA

© Texto: Marisa López Soria
© Ilustración: Sole Rodríguez

1.ª edición: 2024

© ICB Editores (Interconsulting Bureau S.L.)
Calle Flauta Mágica, 1 Local 1B
P.I. Alameda 29006 – Málaga. España
Tfno: (+34) 952 28 87 67
www.icbeditores.com
info@icbeditores.com

Abresueños
info@abresuenos.com
www.abresuenos.com

Edición: Alicia Muñoz Maroto
Cubierta: Catálogo S.L.
ISBN: 978-84-19720-52-8

Depósito legal: MA 2039-2024

Como pez sin bicicleta

Marisa López Soria

Sole Rodríguez

Abresueños
EDITORIAL

La noche era agradable.

Se estaba bien con la familia reunida en torno a
la chimenea.

Les oía charlar mientras dibujaba el cuco del reloj.

Me encanta dibujar.
A mamá y al abuelo les gusta contarse y decir.

El abuelo andaba de acá para allá, de su mecedora a la cocina y, al paso, se detenía para lanzar admirados *ajajás* sobre mis dibujos.

La abuela tejía, aunque de pronto intervino en la charla para decirle a mamá:

—Lo que tienes que hacer es sentar la cabeza...

Sentar la cabeza es un dibujo difícil

Mi madre, Verónica, divertida, se echó a reír y replicó:

—Mamá, por favor, ¿otra vez con eso? No seas antigua. Una mujer necesita un hombre como un pez necesita una bicicleta.

La abuela está convencida de que a su hija Verónica, bajista del grupo HASTA AQUÍ HEMOS LLEGAO, le urge echarse un novio y sentar la cabeza. O sea, tener un enamorado.

Voy a intentar pintar un pez, como el de mi amigo Lucas.

Con casco y las aletas largas largas para que le lleguen a los pedales de su bicicleta.

—¿Conque necesito un novio? —mamá preguntó con guasa—. ¿Y una novia, qué tal, eh? ¿Por qué no una novia?

La nana a veces pone mirada de rayos y centellas, y se la lanza a su famosa hija, la bajista Verónica Sánchez.

El asunto es claro: a su hija, que es mi madre, le falta un cacho. Su media naranja.

Las medias naranjas me salen mejor.
Esas sí las dibujo bien.

La abuela siguió con su *tole tole*:

—Verónica, hija, el tiempo corre y a ti se te pasa el arroz.

Además, esta criatura necesita un padre.

—¡La criatura ya tiene un padre! —protestó la del grupo músico vocal.

La criatura soy yo, y
Verónica es mi madre.

Helena

Novia de Helena

Mi madre es la bajista del grupo HASTA AQUÍ HEMOS LLEGAO,
que formó en el instituto, con la vocalista y baterista
Helena, y otra amiga saxofonista,
la novia de Helena.

Mi madre,
Verónica

Lolo

Mas tarde contrataron a Lolo. El verdadero
cantante que canta.

Los cuatro juntos se lo pasan bomba, son la
sensación.

Mi madre es feliz. Dice que con la música y conmigo no necesita más.

—Y si viene el amor, aquí estoy yo, ensayando o de gira —resuelve, bienhumorada.

Ay, el amor. El amor sí que es difícil.

Difícil de dibujar y de todo lo demás.

Un barullo lo del amor.

Por ejemplo, yo estoy enamorada de los huesitos de
Lolo. Pero Lolo bebe los vientos por la líder y bajista
Verónica Sánchez. Aunque **mamá** solo quiere que
Lolo cante afinado.

Mi amigo Lucas también está colado por mi cara bonita y
siempre lo dice:

—Verás como un día tú vas a ser mi novia.

Cuando la abuela dice lo de los novios, las cabezas sentadas y el arroz con medias naranjas, siempre se le pone cara de pena. Me mira, suspira y dice:

—Pobre criatura, Vero, hija. ¿Es que no lo ves? Por la nena. Y por ti. Una mujer necesita a su lado a un hombre.

Ella, mi Verónica, no lo ve, porque opina:

UNO.

Para ser felices nos bastamos a nosotros mismos.

DOS.

Somos seres completos, cada cual, y no necesitamos que otro nos acabe.

Y TRES.

Nunca estamos solos.

Gracias que el abuelo lo suaviza todo con ricas comidas
y su simpática sonrisa:

—Vamos chicas, cenaremos croquetas —invita.

Qué ricas. Hmmmm.

Y qué bien el crepitar del fuego de leña, tan musical.

(En este dibujo voy montada en bicicleta con un jersey de los colores del arco iris, como el de mi amigo Lucas).

Cuando el reloj de cuco avisó nos dimos el beso de buenas noches.

Mamá me abrazó largo y fuerte porque al día siguiente salía de gira.

Como pez en el agua.

Ya en mi cama, ojos cerrados,
pensé que

apreciar la maravilla
de lo que tienes

y sentirse satisfecha

es un hermoso saber.

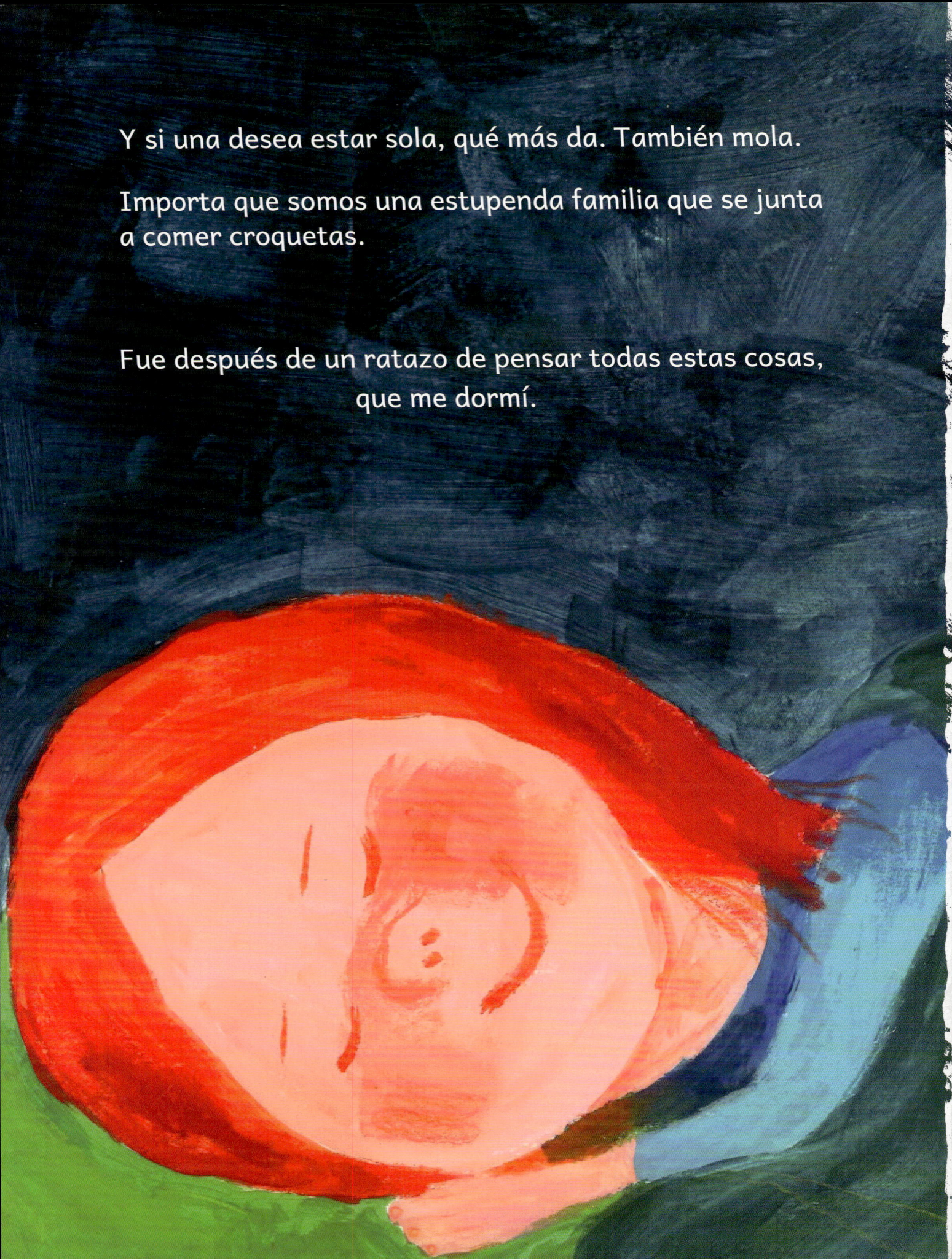

Y si una desea estar sola, qué más da. También mola.

Importa que somos una estupenda familia que se junta
a comer croquetas.

Fue después de un ratazo de pensar todas estas cosas,
que me dormí.